LE

FRÈRE MÉNÉE

POÈME

PAR

PAUL BLANCHEMAIN.

BEAUVAIS

A L'INSTITUT NORMAL AGRICOLE.

1865

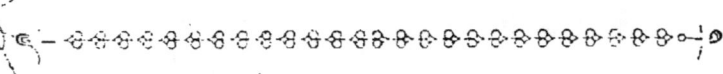

LE

FRÈRE MÉNÉE

POÈME

PAR

PAUL BLANCHEMAIN.

———◆———

BEAUVAIS

A L'INSTITUT NORMAL AGRICOLE.

——

1865

AU

FRÈRE EUGÈNE MARIE,

DE L'ORDRE DES FF. DE LA DOCTRINE CHRÉTIENNE,

DIRECTEUR DE L'INSTITUT AGRICOLE

DE BEAUVAIS,

HOMMAGE DE PROFOND RESPECT
ET D'INALTÉRABLE RECONNAISSANCE.

PAUL BLANCHEMAIN.

Beauvais, 10 Juin 1865.

NOTE BIOGRAPHIQUE.

Jean-Julien BARON, en religion frère MÉNÉE, naquit le 26 août 1804, à Romazy (Ille-et-Vilaine). Il entra à seize ans, en qualité de novice, à la maison fondée à Caen par l'Ordre des Frères de la Doctrine chrétienne. Il fut successivement maître de classe à Caen, à Rennes, à Saint-Brieuc, à Reims, à Amiens et enfin à Beauvais, où il fut appelé en 1833. Plus tard il devint directeur de l'École communale, un moment retirée aux Frères, puis directeur du Pensionnat. En 1841, sous les auspices de l'autorité, il fonda une École normale d'instituteurs primaires. En 1851, il fut présenté par le Conseil académique de l'Oise pour le grade d'officier d'Académie. En 1855, sous le patronage et avec le concours des autorités départementales, il fonda un Institut normal agricole. M. Louis Gossin, ancien élève de Grignon, auteur d'un ouvrage rempli d'érudition et de science pratique, *l'Agriculture française*, lui prêta, comme professeur, l'assistance de sa parole et de ses lumières.

Des constructions importantes étaient devenues indispensables. Le Frère Ménée sut faire naître de généreuses sympathies; de spacieux bâtiments s'élevèrent sous sa direction.

Il avait atteint un des premiers rangs de son Ordre, celui de Visiteur. Environné de l'estime et du respect de tous, il complétait ses travaux par l'érection d'une élégante chapelle sous le vocable de saint Joseph, lorsqu'il fut frappé d'une maladie incurable dont il domina jusqu'au bout les souffrances; enfin, le 10 juillet 1864, il tomba en face de son œuvre accomplie, et une mort sainte couronna cette vie chrétienne.

LE FRÈRE MÉNÉE

POÈME.

In memoriâ æternâ erit justus.
Ps. CXI.

I.

Quand l'œuvre du génie a jeté sa lumière,
Elle périt, fût-elle inscrite sur la pierre
    En des caractères d'airain;
Quand ses fruits ont mûri, l'arbre se découronne;
Quand un peuple a fourni ses destins, Dieu l'ordonne :
    Il croule sous sa grande main.

Et l'homme, l'homme aussi subit la loi commune;
Il doit tomber un jour, quelque haute fortune
    Où ses talents l'aient pu porter;

Qu'il revête la pourpre ou la grossière bure,
Que sa vie ait brillé, qu'elle demeure obscure,
        La mort est là pour l'arrêter.

Mais tandis qu'au néant la matière s'abîme,
L'esprit sanctifié vers sa source sublime
        Retourne pour l'éternité;
Il jouit de douceurs à la terre inconnues;
Sion, dans tes parvis qui dominent les nues,
        Il entre réhabilité!

Près du juste mourant que la foi se réveille!
Un grand jour s'est levé pour celui qui sommeille.
        Pourquoi ces larmes et ce deuil?
Jusqu'au trône divin m'élève l'espérance.....
La mort, pour le chrétien, c'est une délivrance :
        La vie est au fond du cercueil!

C'en est fait! il n'est plus, l'homme aux grandes pensées!
Soixante ans de labeurs! ses forces dépensées
        L'ont trahi quand il triomphait;
Mais le Juge immuable a couronné sa gloire;
Son front resplendira, cher à toute mémoire,
        Ennobli du bien qu'il a fait.

Dans son dernier chemin, témoignage suprême,
L'âge mûr qui l'honore et l'enfance qui l'aime
        L'accompagnent silencieux.
Beauvais a ressenti la grandeur de sa perte,
Et sa voix a parlé sur la tombe entr'ouverte
        De ce héros religieux. (1)

---

(1) M. Bellon, ancien préfet de l'Oise, maire de Beauvais, a
prononcé sur la tombe du F. Ménée d'éloquentes paroles d'adieu.

Beauvais! tu peux gémir et ta foule étonnée
Entourer en pleurant le tombeau de Ménée.
      Tu perds un titre de fierté!
Non; tressaille en ton sein, cité de Jeanne Hachette;
C'est un fleuron de plus pour couronner ta tête,
      Un fleuron d'immortalité.

Il t'avait consacré les efforts de sa vie;
Tes fils étaient les siens; ta cause, il l'a servie;
      Et son vrai pays, c'était toi!
De tout pouvoir humain le temps brise l'audace;
Celui de l'homme saint grandit sous sa menace;
      Il monte au ciel pour être roi.

Et lui, qui t'inspira le travail, la prière,
Ce que l'on peut trouver de plus beau sur la terre,
      Là-haut crois-tu qu'il t'oublira?
Crois-tu qu'auprès de Dieu sa voix est impuissante?
Tu sentiras l'effet de sa main bénissante;
      Sois fière, il te protégera.

Mais c'est pour vous, d'abord, vous fils de sa tendresse,
Qu'il garde des trésors de force et de sagesse;
      Il abrite votre avenir.
Restez ce qu'il vous fit, afin que tous redisent:
C'est en faisant le bien que leurs cœurs éternisent
      Ses vertus et son souvenir!

II.

Oui, son grand souvenir se lève sur nos têtes!
Espérance en nos pleurs, doux écho dans nos fêtes,

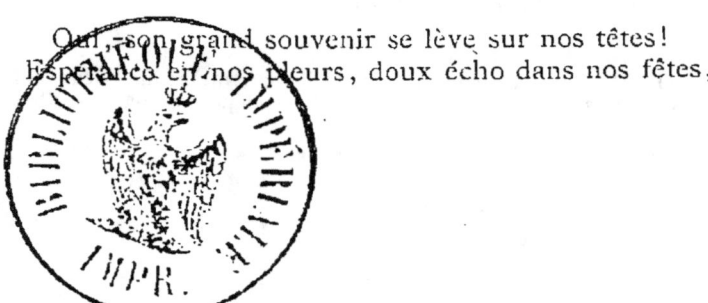

Parmi nous son nom reste à jamais survivant;
Et pour nous raffermir, nous porter en avant,
L'exemple de sa vie au devoir nous excite.
Sur le sol des Bretons naquit ce cœur d'élite :
Enfant de Romazy, daigne bénir ma voix;
C'est glorifier Dieu que chanter tes exploits!

Il était à cet âge où l'on rêve la gloire,
Où l'avenir sourit comme un champ de victoire;
Age d'illusions, où l'élan généreux
Ne sait point s'arrêter quand il croit pouvoir mieux.
Il sentait en lui-même une étrange énergie;
L'esprit d'en haut parlait à cette âme élargie;
Il voulait un travail étonnant, surhumain,
Un chantier où personne encor n'eût mis la main;
Car suivre le courant et marcher dans l'ornière,
Imiter, c'est pour lui demeurer en arrière :
Il faut qu'il ait créé pour être satisfait.

Alors ton Ordre saint répandait son bienfait,
De La Salle; tes fils, bravant nos jours de crise,
Rendaient à la famille, au pays, à l'église,
Des enfants dévoués sous le regard des cieux,
Des pionniers du bien, vaillants et dignes d'eux.
Leur exemple l'émeut; leur sacrifice austère
Lui révèle d'un coup le néant de la terre.
Pesant est le fardeau; mais sublime est l'honneur!
Un violent combat s'engage dans son cœur.
Il a vu le salut à côté du calice;
C'en est fait : il choisit la bure du novice;
Le devoir a conquis sa mâle volonté.

Adieu, joyeux hameau qui l'avait abrité!
Il quitte Romazy, ses plaines de bruyère;
Il reçoit les baisers de sa pieuse mère.
Suivant avec bonheur l'impulsion de Dieu,
Dans la sainte demeure il a formé son vœu.

La charité, la foi, ces trésors du vrai sage,
Marquèrent sur son front la prudence avant l'âge;
Sous la règle de fer il ploya son esprit,
Obéit pour pouvoir commander avec fruit.
Il sait que ce qui pèse, importune ou rebute,
Atteint l'homme et l'abat dès la première lutte;
Aussi se donne-t-il cette immuable loi :
Qu'on n'est vraiment vainqueur qu'étant maître de soi.
Pour instruire, il apprend comment jeter aux âmes
L'attrait du beau, du bien, et les puissantes flammes
Du vrai qui resplendit dans la divinité;
Comment, en l'éclairant, vaincre la vanité,
Dompter les passions d'une jeunesse éprise,
Qui se fait sur la vie une étrange méprise;
Comment, sans la blesser, lui montrer son erreur
Et conquérir à Dieu son énergique ardeur.
L'instruction, qui donne au sens la rectitude,
Des esprits et des cœurs veut la profonde étude.
    L'humble Frère comprit sa tâche, et d'un œil sûr
Il vit quels grands desseins cachait son sort obscur;
Que le respect de Dieu, jeté dans la jeunesse,
C'est le pays qui marche et grandit en noblesse;
Mais, tourné vers Jésus, plein de simplicité,
Il l'imita d'abord par son humilité.
    Rennes et Saint-Brieuc, cités de sa Bretagne,
Vous le vîtes ouvrir sa première campagne.
Dieu l'attachait encore à ce sol tant chéri,
Pour ne l'en écarter qu'une fois aguerri.
Quand sa marche eut besoin d'un horizon plus vaste,
Beauvais, tu le reçus : incroyable contraste !
Lui, sur qui s'attachaient tes regards de mépris,
Maintenant il retient tes habitants surpris.
Comme saint Paul debout devant l'Aréopage,
Comme saint Pierre à Rome, et, plus près de notre âge,

Le pâtre de Buglosse, humble envoyé des cieux,
Il vint poser sa tente et vainquit dans ces lieux.
  O bonheur! sous ses pas la puissance divine
Fait germer le bon grain. La jeunesse devine
Que, dans ce conquérant paisible et désarmé,
Est pour elle un sauveur, un père bien-aimé.
De tous points elle accourt; bientôt est trop petite
La demeure où son zèle, où son amour l'abrite.
Faudra-t-il repousser ceux qui viennent encor
Lui demander de loin le seul, le vrai trésor,
L'ardeur pour le travail que la foi sanctifie?
Ce n'est pas un tel bien qu'un tel cœur sacrifie.
A l'œuvre! il faut bâtir. « Quoi! bâtir sans argent?
» — Qu'importe! le temps presse et la jeunesse attend,
» Elle attend la lumière, elle attend la science,
» Elle attend le salut; tromper son espérance,
» Seigneur, c'est l'exposer! Seigneur, bénis nos vœux,
» Mets en notre chemin des hommes généreux! »
Aux pleurs du dévoûment qui voit son impuissance
Les cœurs se sont ouverts, et l'édifice avance.
Fort d'un premier succès, l'indomptable lutteur
Semble grandir encore au souffle inspirateur.
Bâtir, c'est œuvre humaine: il faut une œuvre sainte!
Et tandis qu'à ses yeux sort brillante l'enceinte,
Un projet est venu soudain l'illuminer.
« L'esprit du siècle gagne, et, pour le dominer,
» Que pourront des enfants? Au temple il faut des prêtres,
» Au troupeau des pasteurs... Je formerai des maîtres! »
Il dit, et d'une élite encourageant l'effort,
Dans de nombreux concours il a tenté le sort;
Le sort pour ceux qu'il guide est toujours favorable.
Grande par le succès son œuvre fut durable.
L'autorité, rendant hommage à ses labeurs,
Le chargea de former tous ses instituteurs;

Et quatre cents déjà portent, dans nos campagnes,
Avec l'instruction, les vertus ses compagnes.
Chaque ouvrage en ses mains s'accroît fertilisé;
Il vient, il voit, il veut, et l'obstacle est brisé.
    Un prestige étonnant entourait sa personne :
Il avait l'œil du chef qui soutient, veille, ordonne,
Et, pour le modérer, comme un reflet des cieux
Révélait sur son front l'esprit religieux.
De l'homme du devoir il avait la noblesse.
Parfois son énergie atteignait la rudesse;
Sans le craindre, on était ému par son aspect;
A tous il inspirait un imposant respect.
Aussi, quand dans Beauvais la rumeur populaire
Sembla répondre au cri révolutionnaire,
Que de sombres meneurs jetèrent de Paris;
Quand chacun dans la ville, inquiet et surpris,
Se demandait comment allait finir ce drame,
On connut l'humble Frère et sa puissance d'âme.
« Livrez ces jeunes gens; on s'arme, ils vont partir!
» — Ils ne partiront pas! — On viendra les saisir.
» — Qu'on vienne! » On ne vint pas... Les sanglantes journées
Furent de notre France encore détournées.
    Quand la paix consola le pays ébranlé,
On admira celui qui n'avait pas tremblé.
Sa fermeté rendit ses œuvres plus prospères;
Il avait étonné jusqu'à ses adversaires.
Des adversaires, lui! Qui donc n'en aurait pas?
Le juste ne grandit qu'au milieu des combats.
Soldat du vrai progrès, toujours à l'avant-garde,
Il mène l'homme à Dieu, qui d'en haut le regarde!
    Ainsi notre héros vers lui vit accourir
Des cœurs aimant la France (1). Ils lui voulaient ouvrir

_____

(1) Mgr Gignoux, évêque de Beauvais, Noyon et Senlis, M. Ran-

Un trésor; l'élever, noblement enrichie;
En jetant dans son sein tout palpitant de vie,
Un ferment d'avenir, de gloire et de bonheur :
C'était l'agriculture. — Art fécond, doux labeur !
Heureux qui te connaît, plus heureux qui te goûte;
De la joie et du bien, il a trouvé la route.
N'es-tu pas le sentier qui doit mener aux cieux?
La terre est comme un livre au laboureur pieux :
La nature lui tient un langage sublime;
En face du mystère, il se sent plus infime;
C'est Dieu qui fait mûrir le grain qu'il a semé,
Dieu qui verse les eaux du nuage fermé;
Il attend tout de Dieu; mais Dieu, plein de tendresse,
Lui donne le bonheur et double sa richesse. —
Ces cœurs t'avaient compris. Un apôtre zélé
De ton secret pouvoir leur avait révélé
Le charme et la grandeur (1). Il disait : « L'abondance
» Va surgir de ses flancs; divulguez sa science!
» Un foyer lumineux jaillit d'un charbon vil;
» Moïse a fécondé le rocher de l'exil;
» Frappez et sortira la source jaillissante.
» Les peuples béniront son onde bienfaisante. »
    L'ardent religieux devait suivre l'appel;
Il sentait que cet art était chéri du ciel;
Mais, sage, il se recueille et mesure l'obstacle;
Longtemps il vient prier au pied du tabernacle,
Et, quand il croit avoir lu les ordres divins,

douin-Berthier, alors préfet de l'Oise, M. le Vic. Edouard de Toc-
queville, MM. de Corberon, Lemaire et de Plancy, députés de l'Oise,
et de la Bouglise, directeur de l'administration des Domaines,
approuvèrent et soutinrent le Frère Ménée dans la création de
l'Institut agricole.

(1) M. Louis Gossin, professeur d'agriculture à l'Institut de Beauvais, et son appui le plus dévoué depuis sa fondation.

Quand il se voit guidé vers de nouveaux chemins,
Que pour le seconder, travailleur sans relâche,
Un savant se dévoue et demande sa tâche;
Quand le passé répond des luttes à venir;
Qu'il sent que s'il faiblit Dieu va le soutenir,
Il veut l'œuvre qui doit régénérer la France.
    La charrue est livrée aux mains de l'espérance,
Et du sol travaillé s'élèvent les moissons.
Le dévoûment reçoit le fruit de ses leçons.
La jeunesse s'éprend pour la sainte carrière
Et déserte la ville au cri de sa prière.
La force du pays germe dans ses enfants.
    Puissent-ils à leur tour, puissent-ils, triomphants,
Répandre dans ton sein le bonheur, ô patrie!
Ton amour de leurs bras centuple l'énergie :
Protège leurs efforts. Regarde... Ils sont vainqueurs!
Une reine à l'envi leur verse ses faveurs.
Le jour qui proclama la Vierge Immaculée,
L'agriculture était heureuse et consolée :
En ce jour trois fois saint se fonda l'Institut.
    Dix ans l'ont vu grandir! Il marche vers le but;
Il a déjà formé de sérieux athlètes,
Des savants pour courir à d'utiles conquêtes
Et des praticiens pour assurer leurs pas.
    Les travailleurs de Dieu ne se reposent pas.
Un dessein qui s'achève en fait surgir un autre.
Inspiré par les vœux d'un ami, d'un apôtre,
Et pour sanctifier son monument mortel,
Le fondateur consacre à Joseph un autel;
Et le temple du saint, mystérieux symbole,
Domine en l'abritant le fronton de l'école.
    Mais, comme le génie, en son vol radieux,
Le dévoûment étonne... et disparaît aux cieux.
Je le vis au déclin de sa longue carrière.

L'âge, ni la douleur de ce grand caractère
N'avaient pu maîtriser les suprêmes élans;
Son corps était brisé, ses vœux toujours brûlants.
En lui-même il sentait se dépenser la vie,
La nature tombait; mais longtemps asservie
Elle devait ployer et succomber enfin.
Aussi, près de mourir, son devoir était plein.

III.

Vous veniez, saint Évêque, apôtre infatigable,
Imprimer sur ce front le trait ineffaçable
    Qui fait le mourant immortel. (1)
Vous avez tressailli de joie et d'espérance,
Quand vous vîtes la foi dominer la souffrance,
    Et dans ce cœur entrer le ciel.

Toi, qui descends à nous sous le voile mystique,
Jésus, pain des chrétiens, sublime viatique,
    C'est toi le secret du martyr;
Toi, qui vins chaque jour, ineffable dictame,
Habiter, consoler et rafraîchir cette âme,
    Triomphante avant de mourir.

Sous ce regard d'élu ton bienfait se devine;
Ta grandeur te trahit; une splendeur divine
    Transfigure ce front pâli,
Lorsque calme, inspiré, d'une voix défaillante,
A ses frères en pleurs, dont la foule tremblante
    S'agenouillait près de son lit,

(1) Mgr de Beauvais vint lui-même administrer au vénérable F. Ménée les derniers sacrements.

Il dit : « Venus de Dieu, pour garder son empreinte,
» Il faut se pénétrer de justice et de crainte;
  » Combattre, se vaincre et souffrir.
» Aimez la règle austère à votre zèle offerte.
» En désobéissant l'homme a trouvé sa perte :
  » Sa vie est savoir obéir.

» L'amour que le Sauveur enseignait à la terre,
» Qu'il règne entre vos cœurs. Donnez le nom de père
  » A ceux qu'il a faits vos Pasteurs.
» Les bienfaits de notre Ordre et sa gloire dépendent
» De votre dévoûment pour ceux qui le commandent:
  » La force et l'union sont sœurs !

» Mes frères bien-aimés, un mourant vous en prie;
» Recevez ces enfants, ma famille chérie,
  » Formez ces cœurs, fondez cet or;
» Par ces sources de bien la France rajeunie,
» La France saluera plusieurs siècles de vie :
  » En eux je lui lègue un trésor. »

Comme un vaillant héros qui tombe au champ de gloire
Par ses derniers conseils assure la victoire,
  Et laisse après la mort venir;
Ainsi l'honneur des siens fait son inquiétude;
Il tombe, et pense encor, dans sa sollicitude,
  A leur assurer l'avenir.

Sublime enseignement dans un temps d'égoïsme !
De nos pères chrétiens c'est bien là l'héroïsme;
  Tel saint Louis mourut en roi !
Vous qui nous demandez ce qu'enfante l'Église,
Que vos yeux soient ouverts, que votre âme s'instruise
  Devant un tel oubli de soi !

Du maître souverain disciple humble et fidèle,
Il sacrifia tout pour son divin modèle,
 Vécut trente ans silencieux,
Enseigna, consola, prit le pauvre pour frère,
S'offrit comme une hostie, eut son sanglant Calvaire...
 Il a son diadême aux cieux !

 PAUL BLANCHEMAIN.

Nogent-le-Rotrou, imprimerie de A. GOUVERNEUR.

NOGENT-LE-ROTROU, IMPRIMERIE DE A. GOUVERNEUR.